总　策　划 ◎ 陈越光

总　创　意 ◎ 戴士和

选　　　编 ◎ 中国青少年发展基金会

注　　　音
　　　　　　◎ 中国文化书院
注　　　释

　　　　　　　　尹　洁（子集、丑集）　刘　一（寅集、卯集）

注释小组 ◎　杨　阳（辰集、巳集）　丛艳姿（午集、未集）

　　　　　　　　黄漫远（申集、酉集）　方　芳（戌集、亥集）

注释统稿 ◎ 徐　梓

文稿审定 ◎ 陈越光

装帧设计 ◎ 陈卫和

十二生肖图绘制 ◎ 戴士和

诵　　　读 ◎ 喻　梅　齐靖文

　　　　　　　　陈　光　李赠华　黄　丽　林　巧　王亚苹
审　　　读 ◎
　　　　　　　　吕　飞　刘　月　帖慧祯　赵一普　白秋霞

中华古诗文读本

申集

中国青少年发展基金会　　编

中国文化书院　注　释

陈越光　总策划

中国大百科全书出版社

致读者

这是一套为"中华古诗文经典诵读工程"而编辑的图书，主要有以下几个特点：

1. 版本从众，尊重教材。教材已选篇目，除极个别注音、标点外，均以教材为准，且在标题处用★标示；教材未选篇目，选择通用版本。

2. 注音读本，规范实用。为便于读者准确诵读，按现代汉语规范对所选古诗文进行注音。其中，为了音韵和谐，个别词语按传统读法注音。

3. 简注详注，相得益彰。为便于读者集中注意力，沉浸式诵读，正文部分只对必要的字词进行简注。后附有针对各篇的详注，以便于读者进一步理解。每页上方标有篇码。正文篇码与解注篇码标识一致，互为阴阳设计，以便于读者逐篇查找相关内容。

4. 准确诵读，规范引领。特邀请中国传媒大学播音主持艺术学院的专家进行诵读。正确的朗读，有助于正确的理解。铿锵悦耳的古诗文音韵魅力，可以加深印象，帮助记忆，从而达到诵读的效果。

5. 科学护眼，方便阅读。按照国家2022年的新要求，通篇字体主要使用楷体、宋体，字号以四号为基本字号。同时，为求字距疏朗，选用大开本；为求色泽柔和，选用暖色调淡红色并采用双色印刷。

读千古美文　做少年君子

　　20多年前，一句"读千古美文，做少年君子"的行动口号，一个"直面经典，不求甚解，但求熟背，终身受益"的操作理念，一套"经典原文，历代名篇，拼音注音，版本从众"的系列读本，一批以"激活传统，继往开来，素质教育，人文为本"为己任的教师辅导员，一台"以朗诵为主，诵演唱并茂"的古诗文诵读汇报演出……活跃在百十个城市、千百个县乡、几万所学校、几百万少年儿童中间，带动了几千万家长，形成一个声势浩大的"中华古诗文经典诵读工程"。

　　今天，我们再版被誉称为"经典小红书"的《中华古诗文读本》，续航古诗文经典诵读工程。当年的少年君子已为人父母，新一代再起书声琅琅，而在这琅琅书声中成长起来的人们，在他们漫长的一生中，将无数次体会到历史化作诗文词句和情感旋律在心中复活……

　　从孔子到我们，2500年的时间之风吹皱了无数代中华儿女的脸颊。但无论遇到什么，哪怕是在历史的寒风中，只要我们静下心来，从利害得失的计较中，甚至从生死成败的挣扎中抬起头来，我们总会看到一抹阳光。阳光下，中华文化的山峰屹立，我们迎面精神的群山——先秦诸子，汉赋华章，魏晋风骨，唐诗宋词，理学元曲，明清小说……一座座青山相连！无论你身在何处，无论你所处的境遇如何，一个真正文化意义上的中国人，只要你立定脚跟，背后山头飞不去！

陈越光

2023 年 1 月 8 日

★陈越光：中国文化书院院长、西湖教育基金会理事长

激活传统　继往开来

　　21世纪来临了，谁也不可能在一张白纸上描绘新世纪。21世纪不仅是20世纪的承接，而且是以往全部历史的承接。江泽民主席在访美演讲中说："中国在自己发展的长河中，形成了优良的历史文化传统。这些传统，随着时代变迁和社会进步获得扬弃和发展，对今天中国的价值观念、生活方式和中国的发展道路，具有深刻的影响。"激活传统，继往开来，让21世纪的中国人真正站在五千年文化的历史巨人肩上，面向世界，开创未来。可以说，这是我们应该为新世纪做的最重要的工作之一。

　　为此，中国青少年发展基金会在成功地推展"希望工程"的基础上，又将推出一项"中华古诗文经典诵读工程"。该项活动以组织少年儿童诵读、熟背中国经典古诗文的方式，让他们在记忆力最好的时候，以最便捷的方式，获得古诗文经典的基本熏陶和修养。根据"直面经典、有取有舍、版本从众"的原则，经专家推荐，我们选编了300余篇经典古诗文，分12册出版。能熟背这些经典，可谓有了中国文化的基本修养。据我们在上千名小学生中试验，每天诵读20分钟，平均三五天即可背诵一篇古文。诵读数年，终身受益。

　　背诵是儿童的天性。孩子们脱口而出的各种广告语、影视台词等，都是所谓"无意识记忆"。有心理学家指出，人的记忆力在儿童时期发展极快，到13岁达到最高峰。此后，主要是理解力的增强。所以，在记忆力最好的时候，少记点广告词，多背点经典，不求甚解，但求熟背，是在做一种终生可以去消化、理解的文化准备。这很难是儿童自己的选择，主要是家长的选择。

有的大学毕业生不会写文章，这是许多教育工作者不满的现状。中国的语言文字之根在古诗文经典，这些千古美文就是最好的范文。学习古诗文经典的最好方法就是幼时熟背。现在的学生们往往在高中、大学时期为文言文伤脑筋，这时内有考试压力，外有挡不住的诱惑，可谓既有"丝竹之乱耳"，又有"案牍之劳形"，此时再来背古诗文难道不是事倍功半吗？这一点等到学生们认识到往往已经晚了，师长们的远见才能避免"亡羊补牢"。

读千古美文，做少年君子。随着"中华古诗文经典诵读工程"的逐年推广，一代新人的成长，将不仅仅受益于千古美文的文学滋养——"天下为公"的理念；"宁为玉碎，不为瓦全"的风骨；"先天下之忧而忧，后天下之乐而乐"的胸怀；"富贵不能淫，贫贱不能移，威武不能屈"的操守；"位卑未敢忘忧国"的精神；"无为而无不为"的智慧；"己所不欲，勿施于人""己欲立而立人，己欲达而达人"的道德原则……这一切，都将成为新一代中国人重建人生信念的精神源泉。

愿有共同热情的人们，和我们一起来开展这项活动。我们只需做一件事：每周教孩子背几首古诗或一篇五六百字的古文经典。

书声琅琅，开卷有益；文以载道，继往开来！

陈越光

1998 年 1 月 18 日

★陈越光时任中国青少年发展基金会社区文化委员会主任、中国文化书院副院长。

与先贤同行 做强国少年

中华优秀传统文化源远流长，博大精深，是中华民族的宝贵精神矿藏。在这悠久的历史长河中，先后涌现出无数的先贤，这些先贤创作了卷帙浩繁的国学经典。回望先贤，回望经典，他们如星月，璀璨夜空；似金石，掷地有声；若箴言，醍醐灌顶。

为弘扬中华民族优秀传统文化，让广大青少年汲取中华优秀传统文化的养分，中国青少年发展基金会遵循习近平总书记寄语希望工程重要精神，结合新时代新要求，在二十世纪九十年代开展"中华古诗文经典诵读活动"的基础上，创新形式传诵国学经典，努力为青少年成长发展提供新助力、播种新希望。

"天行健，君子以自强不息；地势坤，君子以厚德载物。"与先贤同行，做强国少年。我们相信，新时代青少年有中华优秀传统文化的滋养，不仅能提升国学素养，美化青少年心灵，也必然增强做中国人的志气、骨气、底气，努力成长为强国时代的栋梁之材。

郭美荐

2023 年 1 月 16 日

★郭美荐：中国青少年发展基金会党委书记、理事长

目录

目录

目录

目录

《论语》二章

一

子曰:"莫①我知也夫!"子贡曰:"何为其莫知子也?"子曰:"不怨天,不尤②人,下学而上达,知我者,其③天乎?"

选自《宪问第十四》

二

孔子曰:"益者三乐,损者三乐。乐节礼乐④,乐道人之善,乐多贤友,

---

①莫:没有。　②尤:归咎,责怪。　③其:语气助词,大概,恐怕。
④节礼乐:用礼乐来调节人的言行使之达到中和。

益矣。乐骄乐，乐佚⑤游，乐宴乐⑥，损
矣。"

选自《季氏第十六》

⑤佚:通"逸"。　⑥宴乐:饮酒作乐。

2

《老子》二章

一

大道氾①兮，其可左右。万物恃②之而生而不辞③，功成不名有，衣养④万物而不为主。常无欲，可名⑤于小；万物归焉而不为主，可名为大。以其终不自为大，故能成其大。

选自《上篇道经三十四章》

---

①氾：同"泛"，普遍广大。 ②恃：依恃，依赖。 ③不辞：不辞谢，不推辞。 ④衣养：养育，养护。 ⑤名：称为，叫作。

二

知者⑥不言，言者不知。塞其兑⑦，闭其门；挫其锐，解⑧其纷；和⑨其光，同其尘。是谓玄同。故不可得而亲，不可得而疏；不可得而利，不可得而害；不可得而贵，不可得而贱，故为天下贵。

选自《下篇德经五十六章》

---

⑥知者：既有真知，又具智慧的人。 ⑦兑：孔穴。 ⑧解：消解，化解，解决。 ⑨和：混合，混和。

《孟子》一则

浩生不害问曰:"乐正子,何人也?"孟子曰:"善人也,信人[1]也。""何谓善?何谓信?"曰:"可欲之谓善,有诸己之谓信,充实之谓美,充实而有光辉之谓大,大而化[2]之之谓圣,圣而不可知之之谓神。乐正子,二之中,四之下也。"

选自《尽心章句下》

---

[1]信人:实在人。 [2]化:融会贯通。

《庄子》二则

一

惠子相梁^①，庄子往见之。或谓^②惠子曰："庄子来，欲代子相。"于是惠子恐，搜于国中三日三夜。

庄子往见之，曰："南方有鸟，其名为鹓鶵，子知之乎？夫鹓鶵，发于南海而飞于北海，非梧桐不止^③，非练实^④不食，非醴泉^⑤不饮。于是鸱^⑥得腐鼠，鹓鶵过之，仰而视之曰：'吓^⑦！'今子欲

---

①相梁：任魏惠王的相国。魏国因都城为大梁，又称梁国。　②或谓：有人对……说。　③止：栖息。　④练实：竹子的果实。　⑤醴泉：甘美的泉水。　⑥鸱：猫头鹰。　⑦吓：恐吓声。

以子之梁国而吓我邪？"

选自《秋水第十七》

二

宋人有曹商者，为宋王使秦。
其往也，得车数乘；王说之，益⑧车百
乘。反于宋，见庄子曰："夫处穷闾
阨⑨巷，困窘织屦，槁项黄馘⑩者，商
之所短也；一悟万乘之主而从车百
乘者，商之所长也。" 庄子曰："秦
王有病召医。破痈溃痤者得车一乘，
舐痔者得车五乘。所治愈下，得车愈

⑧益：增加。　⑨阨：通"隘"，狭窄。　⑩馘：脸。

duō
多。

zǐ qǐ zhì qí zhì yé
子岂治其痔邪？

hé dé chē zhī duō yě
何得车之多也？

zǐ
子

xíng yǐ
行矣！"

xuǎn zì　　liè yù kòu dì sān shí èr
选自《列御寇第三十二》

《荀子》一则

见善，修然①，必以自存也；见不善，愀然②，必以自省也。善在身，介然③，必以自好也；不善在身，菑然④，必以自恶也。故非我而当者，吾师也；是我而当者，吾友也；谄谀我者，吾贼⑤也。故君子隆师而亲友，以致恶其贼。好善无厌，受谏而能诫，虽欲无进，得乎哉？小人反是，致乱而恶人之非己也，致不肖而欲人之贤己也。心如虎狼，行

---

①修然：认真整顿的样子。 ②愀然：忧惧的样子。 ③介然：坚定的样子。④菑然：被玷污的样子。菑，通"缁"。 ⑤吾贼：害我的人。

5

如禽兽，而又恶人之贼己也。谄谀者
亲，谏争者疏，修正为笑，至忠为
贼，虽欲无灭亡，得乎哉？《诗》曰：
"噏噏呰呰⑥，亦孔⑦之哀。谋之其臧，则
具⑧是违；谋之不臧，则具是依。"此之
谓也。

选自《修身第二》

---

⑥噏噏：相互附和。呰呰：相互诋毁。⑦孔：很。⑧具：同"俱"，都。

6

《法言》一则
fǎ yán yì zé

扬 雄
yáng xióng

圣人耳不顺乎非，口不肄①乎善；
shèng rén ěr bú shùn hū fēi, kǒu bú yì hū shàn

贤者耳择、口择；众人无择焉。或
xián zhě ěr zé、kǒu zé; zhòng rén wú zé yān。huò

问："众人②。"曰："富、贵、生。""贤
wèn: "zhòng rén。" yuē: "fù、guì、shēng。" "xián

者。"曰："义。""圣人。"曰："神。"
zhě。" yuē: "yì。" "shèng rén。" yuē: "shén。"

观乎贤人，则见众人；观乎圣人，则
guān hū xián rén, zé jiàn zhòng rén; guān hū shèng rén, zé

见贤人；观乎天地，则见圣人。天下
jiàn xián rén; guān hū tiān dì, zé jiàn shèng rén。tiān xià

有三好：众人好己从，贤人好己正，
yǒu sān hào: zhòng rén hào jǐ cóng, xián rén hào jǐ zhèng,

圣人好己师。天下有三检③：众人用家
shèng rén hào jǐ shī。tiān xià yǒu sān jiǎn: zhòng rén yòng jiā

检，贤人用国检，圣人用天下检。天
jiǎn, xián rén yòng guó jiǎn, shèng rén yòng tiān xià jiǎn。tiān

---

① 肄:学习,练习。 ②众人:普通人,一般人。 ③检:检验。

11

下有三门④：由于情欲，入自禽门；由于礼义，入自人门；由于独智⑤，入自圣门。

选自《修身篇第三》

---

④门：类别。 ⑤独智：独特的智慧。

《潜夫论》一则

王　符

国以贤兴，以谄衰；君以忠安，以忌危。此古今之常论，而世所共知也。然衰国危君继踵①不绝者，岂世无忠信正直之士哉？诚苦忠信正直之道不得行尔。夫十步之间，必有茂草；十室之邑，必有俊士。贤材之生，日月相属②，未尝乏绝。是故乱殷有三仁，小卫多君子。以汉之广博，士民之众多，朝廷之清明，上下之修治，

---

①继踵：接踵，后面人的脚尖紧接着前面人的脚跟，形容接连不断。　②属：连接，连续。

7

ér guān wú zhí lì　　wèi wú liáng chén　　cǐ fēi jīn shì zhī
而官无直吏，位无良臣。此非今世之

wú xián yě　　nǎi xián zhě fèi gù　ér bù dé dá yú shèng zhǔ
无贤也，乃贤者废锢③而不得达于圣主

zhī cháo ěr
之朝尔！

xuǎn zì　　shí gòng dì shí sì
选自《实贡第十四》

---

③废锢：指禁止做官或参加社会活动。废，罢官；锢，禁锢。

陈情表 ★

李密

臣密言：臣以险衅①，夙遭闵②凶。

生孩六月，慈父见背③；行年四岁，舅

夺母志。祖母刘愍④臣孤弱，躬亲抚养。

臣少多疾病，九岁不行，零丁孤苦，

至于成立。既无伯叔，终鲜兄弟，门

衰祚薄，晚有儿息。外无期功强近之

亲，内无应门五尺之僮⑤，茕茕⑥孑立，

形影相吊。而刘夙婴⑦疾病，常在床

①险衅：命运坎坷。 ②闵：通"悯"，忧患的事。 ③见背：弃我而死去。 ④愍：怜惜。 ⑤僮：未成年的仆人。 ⑥茕茕：孤单的样子。 ⑦婴：缠绵，纠缠。

蓐，臣侍汤药，未曾废离。

逮奉圣朝，沐浴清化。前太守臣逵察臣孝廉，后刺史臣荣举臣秀才。臣以供养无主，辞不赴命。诏书特下，拜臣郎中，寻蒙国恩，除⑧臣洗马。猥⑨以微贱，当侍东宫，非臣陨首所能上报。臣具以表闻，辞不就职。

诏书切峻⑩，责臣逋慢⑪；郡县逼迫，催臣上道；州司临门，急于星火。臣欲奉诏奔驰，则刘病日笃⑫；欲苟顺私情，则告诉不许：臣之进退，实为狼狈。

---

⑧除：授职拜官。　⑨猥：自谦之词，鄙。　⑩切峻：急切而严厉。

⑪逋慢：逃避，怠慢。　⑫日笃：日益沉重。

伏惟圣朝以孝治天下，凡在故老，犹蒙矜育⑬，况臣孤苦，特为尤甚。且臣少仕伪朝，历职郎署，本图宦达，不矜⑭名节。今臣亡国贱俘，至微至陋，过蒙拔擢，宠命优渥，岂敢盘桓，有所希冀？但以刘日薄西山，气息奄奄，人命危浅，朝不虑夕。臣无祖母，无以至今日；祖母无臣，无以终余年。母、孙二人，更相为命，是以区区不能废远⑮。

臣密今年四十有四，祖母今年九十有六，是臣尽节于陛下之日长，

---

⑬矜育：怜惜，养育。⑭矜：爱惜，看重。⑮废远：放弃奉养而离开。

报养刘之日短也。乌鸟私情，愿乞终养。臣之辛苦⑯，非独蜀之人士及二州牧伯所见明知，皇天后土实所共鉴。愿陛下矜愍愚诚，听臣微志，庶⑰刘侥幸，保卒余年。臣生当陨首，死当结草。臣不胜犬马怖惧之情，谨拜表以闻。

---

⑯辛苦：苦处辛难。 ⑰庶：庶几，或许。

9

《颜氏家训》二则

颜之推

一

自古明王圣帝，犹须勤学，况凡庶乎！此事遍于经史，吾亦不能郑重①，聊举近世切要，以启寤②汝耳。士大夫子弟，数岁已上，莫不被教，多者或至《礼》《传》，少者不失《诗》《论》。及至冠婚，体性稍定；因此天机③，倍须训诱。有志尚者，遂能磨

---

①郑重：频繁，反复多次。　②启寤：启发使之觉悟。寤，通"悟"。
③天机：天资，自然的灵性。

砺，以就素业④；无履立⑤者，自兹堕⑥慢，

便为凡人。人生在世，会当有业：农

民则计量耕稼，商贾则讨论货贿⑦，工

巧则致精器用，伎艺⑧则沈思法术，武

夫则惯习弓马，文士则讲议经书。多

见士大夫耻涉农商，差务工伎，射

则不能穿札⑨，笔则才记姓名，饱食醉

酒，忽忽无事，以此销日，以此终年。

或因家世余绪⑩，得一阶半级，便自为

足，全忘修学；及有吉凶大事，议论

---

④素业：清素之业，即士族所从事的儒业。 ⑤履立：操守，操行。
⑥堕：通"惰"。 ⑦货贿：财货，财物。 ⑧伎艺：技艺，引申为有技
艺的人。 ⑨札：铠甲的叶片。 ⑩余绪：指祖上的庇荫。

得失，蒙⑪然张口，如坐云雾；公私宴集，谈古赋诗，塞默低头，欠伸而已。有识旁观，代其入地。何惜数年勤学，长受一生愧辱哉！

选自《勉学第八》

二

夫明六经之指，涉百家之书，纵不能增益德行，敦厉⑫风俗，犹为一艺，得以自资。父兄不可常依，乡国⑬不可常保，一旦流离，无人庇荫，当自求诸身耳。谚曰："积财千万，不

---

⑪蒙：通"懵"。　⑫敦厉：劝勉，激励。　⑬乡国：家乡。

9

如薄伎⑭在身。"伎之易习而可贵者，无过读书也。世人不问愚智，皆欲识人之多，见事之广，而不肯读书，是犹求饱而懒营馔⑮，欲暖而惰裁衣也。夫读书之人，自羲、农已来，宇宙之下，凡识几人，凡见几事，生民之成败好恶，固不足论，天地所不能藏，鬼神所不能隐也。

选自《勉学第八》

---

⑭伎：通"技"。　⑮馔：食物。

读孟尝君传

王安石

世皆称孟尝君能得士①，士以故②归之，而卒③赖其力以脱于虎豹之秦。嗟乎！孟尝君特鸡鸣狗盗之雄④耳，岂足以言得士？不然，擅齐之强，得一士焉，宜可以南面而制秦，尚何取鸡鸣狗盗之力哉？夫鸡鸣狗盗之出其门，此士之所以不至也。

---

①得士：得到士人的欢心。　②以故：因为这个缘故。　③卒：终于。　④雄：首领。

前赤壁赋

苏　轼

壬戌之秋，七月既望，苏子与客泛舟，游于赤壁之下。清风徐来，水波不兴①。举酒属客，诵《明月》之诗，歌"窈窕"之章。少焉，月出于东山之上，徘徊于斗牛之间。白露横江，水光接天，纵一苇②之所如，凌万顷之茫然。浩浩乎如冯③虚御风，而不知其所止；飘飘乎如遗世独立，羽化而登仙。

①不兴：不起。　②一苇：小船。　③冯：通"凭"。

yú shì yǐn jiǔ lè shèn　　kòu xián ér gē zhī　　gē
于是饮酒乐甚，扣舷而歌之。歌

yuē　　guì zhào　xī lán jiǎng⑤　　jī kōng míng xī sù liú
曰："桂棹④兮兰桨⑤，击空明兮溯流

guāng　　miǎo miǎo⑥ xī yú huái　　wàng měi rén⑦ xī tiān yì
光。渺渺⑥兮予怀，望美人⑦兮天一

fāng　　kè yǒu chuī dòng xiāo zhě　　yǐ gē ér hè zhī　　qí
方。"客有吹洞箫者，倚歌而和之。其

shēng wū wū rán　　rú yuàn rú mù　　rú qì rú sù　　yú
声呜呜然，如怨如慕，如泣如诉，余

yīn niǎo niǎo　　bù jué rú lǚ　　wǔ yōu hè zhī qián jiāo　　qì
音嫋嫋，不绝如缕。舞幽壑之潜蛟，泣

gū zhōu zhī lí fù⑧
孤舟之嫠妇⑧。

sū zǐ qiǎo rán⑨　　zhèng jīn wēi zuò　　ér wèn kè
苏子愀然⑨，正襟危坐，而问客

yuē　　hé wèi qí rán yě
曰："何为其然也？"

kè yuē　　yuè míng xīng xī　　wū què nán fēi
客曰："'月明星稀，乌鹊南飞'，

cǐ fēi cáo mèng dé zhī shī hū　　xī wàng xià kǒu　　dōng wàng
此非曹孟德之诗乎？西望夏口，东望

---

④桂棹：桂木做的长桨。　⑤兰桨：木兰做的短桨。　⑥渺渺：辽远的样子。　⑦美人：作者所思慕的贤人，这里暗喻君主。　⑧嫠妇：寡妇。　⑨愀然：忧愁的样子。

11

武昌，山川相缪^⑩，郁乎苍苍。此非孟德之困于周郎者乎？方其破荆州，下江陵，顺流而东也，舳舻^⑪千里，旌旗蔽空，酾酒^⑫临江，横槊赋诗，固一世之雄也，而今安在哉？况吾与子渔樵^⑬于江渚之上，侣鱼虾而友麋鹿；驾一叶之扁舟，举匏樽^⑭以相属。寄蜉蝣于天地，渺沧海之一粟。哀吾生之须臾，羡长江之无穷。挟飞仙以遨游，抱明月而长终。知不可乎骤得^⑮，托遗响于悲风。"

---

⑩缪：通"缭"，缭绕。　⑪舳舻：首尾相接的船队。　⑫酾酒：斟酒。
⑬渔樵：打渔，砍柴。　⑭匏樽：用葫芦做的酒器。　⑮骤得：立刻得到。

中华古诗文读本·申集

苏子曰："客亦知夫水与月乎？逝者如斯，而未尝往也；盈虚者如彼，而卒莫消长⑯也。盖将自其变者而观之，则天地曾不能⑰以一瞬。自其不变者而观之，则物与我皆无尽也，而又何羡乎！且夫天地之间，物各有主；苟非吾之所有，虽一毫而莫取。惟江上之清风，与山间之明月，耳得之而为声，目遇之而成色，取之无禁，用之不竭，是造物者⑱之无尽藏也，而吾与子之所共适。"

客喜而笑，洗盏更酌，肴核⑲既

⑯卒莫消长：终于没有增减。　⑰曾不能：连……都不能。　⑱造物者：大自然。　⑲肴核：菜肴与果品。

^{jìn} ^{bēi pán láng jí} ^{xiāng yǔ zhěn jiè} ^{hū zhōuzhōng} ^{bù}
尽，杯盘狼籍㉑。相与枕藉㉑乎舟中，不

^{zhī dōngfāng zhī jì bái}
知东方之既白㉒。

㉑狼籍：杂乱不堪。 ㉑枕藉：亦作"枕籍"。物体纵横相枕而卧，言其多而杂乱。 ㉒既白：已经发白。

《明夷待访录》一则

黄 宗羲

有生之初，人各自私也，人各自利也，天下有公利而莫或①兴②之，有公害而莫或除之。有人者出，不以一己之利为利，而使天下受其利；不以一己之害为害，而使天下释③其害。此其人之勤劳，必千万于天下之人。夫以千万倍之勤劳而己又不享其利，必非天下之人情④所欲居也。故古人之君，量⑤而不欲入者，许由、务光是也；入而又去

①莫或：没有哪个。　②兴：举办，兴办。　③释：免除。　④情：愿意。
⑤量：考虑。

12

之者，尧、舜是也；初不欲入而不得去者，禹是也。岂古之人有所异哉？好逸恶劳，亦犹夫人之情也。

后之为人君者不然⑥。以为天下利害之权皆出于我，我以天下之利尽归于己，以天下之害尽归于人，亦无不可；使天下之人不敢自私，不敢自利，以我之大私为天下之大公。始而惭⑦焉，久而安焉，视天下为莫大之产业，传之子孙，受享无穷。汉高帝所谓"某业所就，孰与仲多"者，其逐利之情不觉溢之于辞矣。此无他⑧，古者以天下为主，君

---

⑥不然：不是这样。　⑦惭：惭愧。　⑧此无他：没有别的原因。

为客，凡君之所毕世而经营者，为天

下也。

选自《原君第一》

《杂诗》其一

陶渊明

人生无根蒂①，飘如陌②上尘。

分散逐风转，此已非常身③。

落地④为兄弟，何必骨肉亲！

得欢当作乐，斗⑤酒聚比邻。

盛年⑥不重来，一日难再晨。

及时当勉励，岁月不待人。

---

①无根蒂：没有草木那样的连根带蒂。 ②陌：田间东西方向的小路。 ③非常身：不是经久不变之身，即不再是盛年、壮年之身。
④落地：降生。 ⑤斗：乘酒的器具。 ⑥盛年：壮年。

于易水送人
骆宾王

此地别燕丹，壮士①发冲冠②。

昔时人已没，今日水③犹寒。

---

①壮士：勇敢之人，这里特指荆轲。②发冲冠：形容人因极端愤怒，头发直立，把帽子都冲起来了。 ③水：特指易水之水。

从军行
cóng jūn xíng

杨　炯
yáng　jiǒng

烽火^①照西京，心中自不平。
fēng huǒ zhào xī jīng　xīn zhōng zì bù píng

牙璋辞凤阙^②，铁骑绕龙城。
yá zhāng cí fèng què　tiě qí rào lóng chéng

雪暗凋^③旗画，风多杂鼓声。
xuě àn diāo qí huà　fēng duō zá gǔ shēng

宁为百夫长，胜作一书生。
nìng wéi bǎi fū zhǎng　shèng zuò yì shū shēng

①烽火：边境告急的烟火。　②凤阙：宫阙名，这里指皇宫。
③凋：草木枯败凋零，失去鲜艳的颜色。

《回乡偶书》其一 ★

贺知章

少小离家老大①回，

乡音无改鬓毛②衰。

儿童相见不相识，

笑问客从何处来。

①老大：年纪大了。 ② 鬓毛：额角边靠近耳朵的头发。

17

mèng yóu tiān mǔ yín liú bié
梦游天姥吟留别 ★

lǐ bái
李 白

hǎi kè tán yíng zhōu　　yān tāo wēi máng xìn nán qiú
海客谈瀛洲，烟涛微茫①信②难求；

yuè rén yǔ tiān mǔ　　yún xiá míng miè huò kě dǔ　　tiān mǔ
越人语天姥，云霞明灭或可睹。天姥

lián tiān xiàng tiān héng　　shì bá wǔ yuè yǎn chì chéng　　tiān tāi
连天向天横，势拔③五岳掩赤城。天台

sì wàn bā qiān zhàng　　duì cǐ yù dǎo dōng nán qīng
四万八千丈，对此欲倒东南倾。

wǒ yù yīn zhī mèng wú yuè　　yí yè fēi dù jìng hú
我欲因之梦吴越，一夜飞度镜湖

yuè　　hú yuè zhào wǒ yǐng　　sòng wǒ zhì shàn xī　　xiè gōng
月。湖月照我影，送我至剡溪。谢公

sù chù jīn shàng zài　　lù shuǐ dàng yàng qīng yuán tí　　jiǎo
宿处今尚在，渌水④荡漾清猿啼。脚

zhuó xiè gōng jī　　shēn dēng qīng yún tī　　bàn bì jiàn hǎi
着谢公屐，身登青云梯⑤。半壁见海

rì　　kōng zhōng wén tiān jī　　qiān yán wàn zhuǎn lù bú dìng
日，空中闻天鸡。千岩万转路不定，

①微茫：隐约迷离。　②信：诚然。　③拔：超出。　④渌水：清水。
⑤青云梯：高耸入云的山路。

迷花倚石忽已暝⑥。熊咆龙吟殷岩泉，
栗深林兮惊层巅。云青青兮欲雨，水
澹澹兮生烟。列缺⑦霹雳，邱峦崩摧。
洞天石扉，訇然中开。青冥⑧浩荡不
见底，日月照耀金银台⑨。霓为衣兮风
为马，云之君⑩兮纷纷而来下。虎鼓瑟兮
鸾回车，仙之人兮列如麻。忽魂悸以魄
动，恍惊起而长嗟。惟觉时之枕席，
失向来⑪之烟霞。

世间行乐亦如此，古来万事东流
水。别君去兮何时还？且放白鹿青崖

---

⑥暝:天色幽暗。 ⑦列缺:闪电。 ⑧青冥:指天空。 ⑨金银台:指
神仙居住的宫阙。 ⑩云之君:云中神仙。 ⑪向来:原来。

间，须行即骑访名山。安能摧眉^⑫折腰事权贵，使我不得开心颜？

---

⑫摧眉：低眉。

茅屋为秋风所破歌 ★

杜 甫

八月秋高风怒号，卷我屋上三重茅①。茅飞渡江洒江郊，高者挂罥②长林梢，下者飘转沉塘坳③。

南村群童欺我老无力，忍能④对面为盗贼。公然抱茅入竹⑤去，唇焦口燥呼不得，归来倚杖自叹息。

俄顷风定云墨色，秋天漠漠向昏黑。布衾⑥多年冷似铁，娇儿恶卧⑦踏里

①三重茅:指房上的几层茅草。 ②挂罥:挂结的意思。 ③塘坳:水泡子,水洼子。 ④忍能:忍心这样。 ⑤入竹:进入竹林。
⑥衾:被子。 ⑦恶卧:睡相不好。

裂。床头屋漏无干处，雨脚如麻未断

绝。自经丧乱少睡眠，长夜沾湿何由

彻^⑧！

安得广厦千万间，大庇^⑨天下寒

士^⑩俱欢颜！风雨不动安如山。呜呼！

何时眼前突兀见此屋，吾庐独破受冻

死亦足！

---

⑧何由彻：如何才能挨到天亮。 ⑨庇：遮蔽。 ⑩寒士：贫寒的读
书人。

乌衣巷
wū yī xiàng

刘禹锡
liú yǔ xī

朱雀桥边野草花，
zhū què qiáo biān yě cǎo huā

乌衣巷口夕阳斜。
wū yī xiàng kǒu xī yáng xié

旧时王谢堂前燕，
jiù shí wáng xiè táng qián yàn

飞入寻常①百姓家。
fēi rù xún cháng bǎi xìng jiā

---

①寻常：平常。

泊秦淮 ★
bó qín huái

杜 牧
dù mù

yān lǒng hán shuǐ yuè lǒng shā
烟笼寒水月笼沙，

yè bó qín huái jìn jiǔ jiā
夜泊秦淮近酒家。

shāng nǚ bù zhī wáng guó hèn
商女不知亡国恨，

gé jiāng yóu chàng hòu tíng huā
隔江犹唱后庭花。

21

《相见欢》其二

李 煜

无言独上西楼，月如钩。寂寞梧桐深院锁清秋①。

剪不断，理还乱，是离愁②。别有一番滋味在心头。

---

①锁清秋：被秋色所深深笼罩。 ②离愁：去国之愁。

22

登快阁 ★

黄庭坚

痴儿①了却公家事，

快阁东西倚晚晴。

落木千山天远大，

澄江②一道月分明。

朱弦已为佳人绝，

青眼③聊因美酒横。

万里归船弄长笛，

此心吾与白鸥盟。

---

①痴儿：指作者自己。 ②澄江：赣江。也指清澈平静的江水。

③青眼：黑色的眼珠在眼眶中间，表示对人的喜爱或重视。与"白眼"

相对。

病起书怀

陆游

病骨①支离纱帽宽，

孤臣万里客江干②。

位卑未敢忘忧国，

事定犹须待阖棺③。

天地神灵扶庙社④，

京华⑤父老望和銮。

出师一表通今古，

夜半挑灯更细看。

---

①病骨：指多病瘦损的身躯。　②江干：江边。　③阖棺：盖棺。
④庙社：宗庙和社稷，旧时代表国家。　⑤京华：京城。

《论语》二章

题　解

　　《论语》是儒家经典之一，记孔子的言行、答弟子问及弟子们的谈话，是研究孔子思想及儒家学说的重要资料，由孔子的弟子及再传弟子编订。本书所选二章，说的是从自我修养角度如何处理人际关系和社会交往中遇到的问题，这是《论语》中谈及最多的话题。

作　者

　　孔子，名丘，字仲尼。春秋末期鲁国人，著名的思想家和教育家。他开办私学，有教无类，广收门徒，弟子甚众。在长期的教育教学实践中，总结出了一套行之有效的方法；为了教学的需要，他整理、编订了《诗》《书》《礼》《易》《乐》《春秋》，成为我们民族文化的经典。他的学说经过改造，成为中国古代社会的正统思想，他本人也被尊奉为"圣人"。

注　释

　　莫我知也夫：没有人了解我啊。

下学而上达：学习日常的知识且懂得深刻的道理。

益者三乐：有益的快乐有三种。

乐骄乐：以骄奢骄纵为快乐。

乐佚游：以游玩放纵为快乐。

《老子》二章

题 解

　　《老子》又名《道德经》，全书共计五千字左右，集中体现了老子"道法自然"的思想。本书所选前一章，是老子论道的作用，说的是大道在广阔时空中周行磅礴，既生养万物又不自以为主宰，成就其大。后一章讲人生在世的理想人格形态，即陈鼓应先生所说的"以开豁的心胸与无所偏的心境去对待一切人物"。

作 者

　　老子，姓李名耳，字聃，春秋末期人，著名的思想家和哲学家。他是道家学派的创始人，晚年在出函谷关时写成《道德经》，成为道家哲学思想的重要来源。他的哲学思想和由他创立的道家学派，对中国哲学、思想文化的发展产生深远影响。

注 释

　　万物恃之而生而不辞：万物依赖道而生长，它也不推辞。

功成不名有：成就万物而不邀名，不居功。

以其终不自为大，故能成其大：因为它终究不自以为伟大，所以能成就它的伟大。

塞其兑，闭其门：塞住欲望的孔穴，关闭贪欲的门径。

挫其锐，解其纷：挫钝锋芒，化解纷扰。

和其光，同其尘：和含光芒，混同尘俗。

玄同：天地万物混同为一，玄妙一致的境界，指的是与"道"混同为一的境界。该词《老子》中仅出现一次，但影响深远，后被庄子传承。

《孟子》一则

题　解

　　《孟子》是儒家经典之一，共七篇，是孟子言论的汇编，记述了孟子游说各国和对弟子的问答，记录了孟子的教育活动和教育主张，是研究孟子思想的最主要的文献资料。本书所选一章，是《孟子》全书最后一篇，讲的是孟子评论乐正子的为人。

作　者

　　孟子，名轲，字子舆，战国时期邹国人，著名的思想家和教育家。他曾怀着自己的政治理想，带领弟子游说各国诸侯，并长期从事教学和著述工作。孟子是孔子之孙孔伋的再传弟子，继承并发展了孔子的思想，与孔子并称"孔孟"，其本人也被尊奉为"亚圣"。

注　释

浩生不害：姓浩生，名不害，齐国人。
乐正子：姓乐正，名克，在鲁国做官。
可欲之谓善：值得喜欢便叫作善。

二之中，四之下：在"善"与"信"两者之中，在"美""大""圣""神"四者之下。

《庄子》二则

题　解

　　《庄子》又名《南华经》，是道家经典之一，由庄子及其门徒后学所共著。它多通过讲述寓言故事阐发哲理，其文汪洋恣肆，引人入胜，想象丰富奇特，语言灵活多变，既是一部哲学著作，同时也具有浓厚的文学色彩。本书所选前一则，讲的是庄子自比鹓鶵，表明鄙弃功名利禄的立场和志趣。所选后一则，讲的是曹商用丧失尊严作代价去换取财富，遭到了庄子的痛斥。

作　者

　　庄子，名周，战国时期宋国蒙人，著名的思想家和哲学家。他是道家学派的代表人物，继承了老子的思想而又有所发展，与老子并称"老庄"，他主张安时处顺，与物无争，以求得全生和尽年。

注　释

　　惠子：惠施，战国时期宋国人，名家思想的开创者和代表人物，主张合纵抗秦。

鹓鶵：传说中凤凰一类的鸟。

乘：交通工具单位。四匹马拉的车，一辆为一乘。

《荀子》一则

题　解

　　《荀子》是战国后期儒家学派重要的著作，集中反映了荀子的自然观、人性论以及教育思想和政治主张，其大部分章节出自荀子之手，极少数篇章是荀子门人学生记录荀子言行编纂而成。本书所选一则，讲的是道德修养的重要性，以及提高道德修养的方法和途径。

作　者

　　荀子，名况，又叫荀卿，战国后期赵国人，著名的思想家和教育家。他先后到过齐、楚、秦、赵，曾在稷下学宫讲学，并三为祭酒。一生主要从事教育工作，造就了诸如韩非、李斯等出类拔萃的学生。后来做过楚国的兰陵令，晚年在此著述，并终老于此。

注　释

　　《诗》曰：指的是《诗经·小雅·小旻》。

　　嗡嗡訿訿，亦孔之哀。谋之其臧，则具是违；谋之不臧，则具是依：随声附和，互相诋毁，这是很可悲的。谋划美善，都予以违抗；谋划不对，都予以依从。

扬 雄 《法言》一则

题 解

《法言》又称《扬子法言》，是西汉扬雄模仿《论语》而作的一部政论著作，反映了扬雄的哲学思想，还涉及政治、经济、军事、文学、艺术等许多方面，内容丰富，见解深刻。本书所选一则，讲的是圣贤与众人的区别，表达的是修身的重要以及怎样可以通过学习和修养成为君子。

作 者

扬雄，字子云，西汉蜀郡成都（今四川成都）人，著名哲学家、文学家和语言学家。早期以辞赋闻名，曾模仿司马相如的《子虚赋》《上林赋》，作《甘泉赋》《羽猎赋》《长杨赋》等，后对辞赋的看法有所转变，认为作赋乃是"童子雕虫篆刻""壮夫不为"，所以模拟《易经》作《太玄》，模拟《论语》作《法言》等。

注 释

圣人耳不顺乎非：圣人的耳朵自然能排斥邪恶的话。

富、贵、生：财富、显贵、生命。

王 符 《潜夫论》一则

题 解

《潜夫论》为东汉王符所著，凡十卷三十六篇，大都是讨论治国安民之术的政论文章，涉及文治武功、刑法赏罚、经济策略、伦理道德等方面。本书所选一则，批判了选举中弄虚作假，表达了作者希望如实选拔真正贤人的愿望。

作 者

王符，字节信，安定郡临泾县（今甘肃镇原）人。他不但精通儒家经典，甚至还精通各种方术占卜之书，能将各家著作融会贯通并结合社会实际形成一家之言，是东汉时期一位博学多识的鸿儒和思想家。但因为"耿介不同于俗"，所以隐居著述，评议时政。

注 释

乱殷：商纣王统治下的商朝。

殷有三仁：《论语·微子》："微子去之，箕子为之奴，比干谏而死。孔子曰：'殷有三仁焉。'"商纣王昏庸无道，微子离开了他，箕子被降为奴隶，比干屡次劝谏被杀死。孔子说："殷朝有这三位仁人啊！"

小卫多君子：《左传·成公三年》杜预注："春秋时以强弱为大小，故卫虽侯爵，犹为小国。"据《左传·襄公二十九年》所记，吴国的公子札出使卫国，很欣赏卫国的蘧瑗、史狗、史鰌、公子荆、公叔发、公子朝，并说"卫多君子，未有患也"。

李 密 《陈情表》

题 解

《陈情表》是李密写给晋武帝的奏章。文章从自己年幼时的不幸说起，表达了自己与祖母相依为命的特殊感情，叙述祖母抚育自己的大恩，以及自己应该报养祖母的大义，在感谢朝廷知遇之恩的基础上，婉拒了征召入仕的命令。全文情真意切，通畅条达，是一篇绝佳的抒情文。文学史上有"读诸葛亮《出师表》不流泪不忠，读李密《陈情表》不流泪者不孝"的说法。

作 者

李密，本名李虔，字令伯，西晋初年犍为武阳（今四川眉山）人。他幼年丧父，由祖母抚养成人，是一位远近闻名的孝子。他初仕蜀汉，蜀汉灭亡后，晋武帝召其入朝为官。他感念祖母年迈无人奉养，遂提交《陈情表》竭力婉拒。另著有《述理论》十篇，不传世。

注 释

表：古代文体奏章的一种，用于较重大的事件。

舅夺母志：舅父逼迫母亲放弃守寡的志愿而改嫁。

期功强近之亲：比较亲近的亲戚。古代丧礼制度以亲属关系规定服丧时间长短，服丧一年称"期"，九月称"大功"，五月称"小功"。

举孝廉：汉晋时期选举制的一种，推选孝顺父母、品行方正的人担任官职。

举秀才：汉晋时期选举制的一种，推选优秀人才担任官职，与后世科举制的"秀才"意义不同。

洗马：太子属官。

东宫：太子居住之所，可代称太子。

伪朝：指蜀国。

乌鸟私情：指乌鸦反哺，用来比喻子女晚辈对父母长辈的孝顺奉养之情。

二州牧伯：梁州、益州的行政长官。

结草：出自《左传·宣公十五年》。晋国大夫魏武子临死前，嘱咐他的儿子魏颗，把他的小妾杀死殉葬。魏颗没有听从，反而让她改嫁了。后来魏颗和秦国的杜回作战，看见一个老人把草打了结将杜回绊倒，杜回因此被擒。到了晚上，魏颗梦见结草的老人，他自称是魏武子遗妾的父亲。后来就用"结草"来比喻受人深恩必作重报。

9

颜之推 《颜氏家训》二则

题 解

　　《颜氏家训》是颜之推专门为教育子孙而写的家教著作，"述立身治家之法，辨正时俗之谬"，内容全面而详备，立论平实，切于实用。全书凡二十篇，有人称赞它"篇篇药石，言言龟鉴"，还有人称"古今家训，以此为祖"。本书所选两则皆出自《勉学第八》，主要劝导子弟要注重读书学习，从正反两方面反复强调学习的重要性，强调学以致用、博览群书和学有专长。

作 者

　　颜之推，字介，南北朝时期琅琊临沂（今属山东）人，生于江陵（今属湖北）。他出身书香门第，是当时学问渊博、颇有见识的大学问家。他一生数经陵谷之变，三为亡国之人。晚年入隋后，结合自己一生的经历，撰著了《颜氏家训》，以"整齐门内，提撕子孙"。

注 释

　　公私宴集，谈古赋诗，塞默低头，欠伸而已：在公私宴会的场合，别人谈古论今，吟诗作赋，自己却像嘴被塞住一样，低头不语，或者就是打哈欠、伸懒腰而已。

六经：《诗》《书》《礼》《乐》《易》《春秋》六部儒家经典。

羲、农：即伏羲、神农，均系传说中的古代帝王，与女娲并列为"三皇"。

王安石 《读孟尝君传》

题 解

《读孟尝君传》是王安石读司马迁《史记》中所记孟尝君事迹后的感想。他在文中一反"孟尝君能得士"这个传统看法，认为孟尝君麾下"鸡鸣狗盗"之徒根本不配称"士"。全篇行文持之有故、言之有据，是历代传诵的短篇文章中的典范佳作。清人沈德潜评云："语语转，笔笔紧，千秋绝调。"

作 者

王安石，字介甫，封荆国公，世称"荆公"，后人又称"王文公"，北宋抚州临川（今江西临川）人，谥号"文"。他在政治、学术和文学创作方面都有很高的建树。他的散文体裁多样，结构严谨，析理透辟，语言简洁，葛兆光、戴燕称"富于一针见血的锐利和开门见山的明快"。王安石以其杰出成就跻身"唐宋八大家"行列。

注 释

孟尝君：即田文，战国时期齐国的贵族，齐相田婴的庶子。袭父封爵，封于薛（今山东滕州境内），号孟尝君。

他与赵国平原君赵胜、魏国信陵君魏无忌、楚国春申君黄歇，并称为"战国四公子"。

鸡鸣狗盗：《史记·孟尝君列传》记载，孟尝君曾因故被秦所囚，他手下的门客，一个会学狗叫，一个会学鸡叫，并凭此技盗得贵重物品，贿赂秦王宠妃及骗开关门，逃回齐国。

南面而制秦：南面，古代帝王均坐北朝南。这里指秦国国君来向齐国国君朝拜称臣。

苏 轼 《前赤壁赋》

题 解

　　苏轼被贬黄州（今湖北黄冈）期间，曾经两次游城外的赤鼻矶（又名赤壁），并且都写了文章。本篇是第一次游后所写，故称《前赤壁赋》。赤鼻矶实际不是文中赤壁大战的赤壁（今湖北省赤壁市西北），但苏轼假托其传说为真，以主客问答的方式，发表了对宇宙、人生的见解，表现了开朗的胸襟和达观的生活态度。文章骈散结合，清新优美，熔写景、抒情、议论于一炉，堪称"千古绝唱"。

作 者

　　苏轼，字子瞻，又字和仲，自号东坡居士，北宋时期眉州眉山（今四川眉山）人。他是北宋时期著名的文学家和文坛领袖，在诗、词、散文、书、画方面取得了很高的成就。他的文纵横肆意，诗清新豪健，与黄庭坚并称"苏黄"；他的词豪放洒脱，与辛弃疾并称"苏辛"；他的散文笔力自如，与欧阳修并称"欧苏"。苏轼以其杰出的文学成就跻身"唐宋八大家"之列。

注　释

壬戌：宋神宗元丰五年（1082）。

望：农历每月之十五日。既望，十六日。此时满月与太阳遥遥相对，因此称"望"。

《明月》之诗，"窈窕"之章：指《诗经·陈风·月出》。

斗牛：星宿名。二十八宿中的斗宿和牛宿。斗，亦名南斗。

羽化而登仙：道教说的羽化即指登仙。

舞幽壑之潜蛟，泣孤舟之嫠妇：使潜伏深涧的蛟龙起舞，使孤舟上的寡妇落泪。

月明星稀，乌鹊南飞：曹操《短歌行》诗中的两句。这首诗表达了曹操建功立业、招贤纳士的愿望。

黄宗羲 《明夷待访录》一则

题　解

　　《明夷待访录》是明末清初思想家黄宗羲的一部政治、哲学著作。"明夷"二字为《周易》卦名，意思是有智慧的人处在患难的地位，"待访"意思是等待明君来采纳。作者以此书名，表达企望圣君采纳兴国之道。本书所选是《明夷待访录》首篇《原君》中的一则，主要讲的是天下为公和天下为私两种对立的君主观。

作　者

　　黄宗羲，字太冲，又字德冰，世称梨洲先生，明末清初浙江余姚（今浙江余姚）人。他提出"天下为主，君为客"的民主思想，在政治上抨击君主专制。他学问极博，著作宏富，著有《明儒学案》《宋元学案》《明夷待访录》等。

注　释

　　许由、务光：传说中的上古高士。许由，相传尧欲将君位传给许由，他不受，逃往箕山隐居。后，尧欲请他担任官职，他跑到颍水边洗耳。务光，相传商汤欲让天下给务光，务光推辞，负石自沉于江中。

陶渊明 《杂诗》其一

题 解

这是陶渊明组诗作品《杂诗十二首》中的第一首。这首诗感叹人生飘忽不定，短暂无常，能相聚就是兄弟，遇好友就该以酒为乐，不负大好时光。

作 者

陶渊明，名潜，字元亮，别号五柳先生。东晋末年浔阳柴桑（今江西九江）人，诗人、散文家。他为人天性淡泊，诗文真实自然，又亲切有味。在叶嘉莹先生看来，"在中国所有的作家之中，如果以真淳而论，自当推陶渊明为第一"。

注 释

分散逐风转：分散零落，随风飘转。

落地为兄弟，何必骨肉亲：人一降生就是兄弟姐妹，不一定非是血肉关系。

斗酒聚比邻：有酒召集左右邻居共饮。

骆宾王 《于易水送人》

题 解

这是骆宾王的一首咏史抒怀诗，创作于其被诬下狱、遇赦出狱后，置身于幽燕一带军幕时期。此诗既肯定了古代英雄荆轲的人生价值，又倾诉了诗人自己的抱负和苦闷。整首诗悲凉慷慨，而又余情不绝。

作 者

骆宾王，字观光，唐代婺州义乌（今属浙江）人，诗人。他的诗歌辞藻华丽，格律严谨，讽时与自伤兼而有之。宋人魏庆之赞其诗作"格高指远，若在天上物外，神仙会集，云行鹤驾，想见飘然之状"。与王勃、杨炯、卢照邻合称"初唐四杰"。

注 释

易水：河流名，也称易河，位于河北省西部的易县境内，分南易水、中易水、北易水，为战国时燕国的南界。此地曾是荆轲入秦刺杀秦王时、燕太子丹送别荆轲之地。

燕丹：燕太子丹。战国末期燕国太子，燕王喜之子。

燕王喜二十八年，遣荆轲以送地图及樊於期首级之名，赴秦刺杀秦王嬴政。事败，秦派兵攻打燕国，太子丹被燕王喜斩杀献给秦国。

杨　炯　《从军行》

题　解

　　这是唐代诗人杨炯的诗作，借用古乐府曲调名为题，描写了士子从戎、征战边境的过程和心情，表达了志士保家卫国的壮志豪情。

作　者

　　杨炯，唐代华阴（今属陕西）人，诗人。他在诗歌、辞赋和骈文方面均有造诣，尤以诗歌成就最大。杨炯是"初唐四杰"之一。

注　释

　　西京：长安。

　　牙璋：古代发兵所用之兵符，分为两块，相合处呈牙状，朝廷和主帅各执其半。此指代奉命出征的将帅。

　　龙城：又称龙庭，在今蒙古国鄂尔浑河的东岸。汉时匈奴的要地。汉武帝派卫青出击匈奴，曾在此获胜。这里指塞外敌方据点。

　　百夫长：下级军官名。

贺知章 《回乡偶书》其一

题 解

这是贺知章的组诗《回乡偶书二首》中的一首。这首诗抒发了诗人久居他乡的伤感之情，也表达了老来还乡的亲切之感。

作 者

贺知章，字季真，唐代越州永兴（今浙江杭州萧山区）人，诗人、书法家。他的诗文以绝句见长，写景、抒怀之作风格独特，清新潇洒，有不少脍炙人口的名篇传世。

注 释

偶书：偶然有感写下的诗。

李 白 《梦游天姥吟留别》

题 解

这是李白的一首记梦诗，又名《别东鲁诸公》。诗人通过对梦境中亦虚亦实、亦幻亦真的梦游图的勾画，抒写了对光明、自由的渴望以及对权贵的藐视，展现了诗人不卑不屈的精神。

作 者

李白，字太白，号青莲居士，唐代著名诗人，被后世人称为"诗仙"。他的诗作豪迈奔放，想象丰富，意境奇妙，具有浪漫主义特征，在五言、七言、绝句、古体诗等题材都留有传世之作，同时代的诗人杜甫称其"笔落惊风雨，诗成泣鬼神"。

注 释

天姥：山名，在今浙江新昌。

瀛洲：与蓬莱、方丈为传说中海上三座仙山。

五岳：指泰山、华山、嵩山、衡山、恒山。

赤城：山名，在今浙江天台，因为火烧岩构成，色赤，故称。

天台：山名，在今浙江天台。

镜湖：湖泊名，在今浙江嵊州。

谢公：指南北朝诗人谢灵运。谢公屐是谢灵运为游山特制的一种木屐。

剡溪：溪水名，在今浙江嵊州。

18

杜 甫 《茅屋为秋风所破歌》

题 解

这是杜甫的一首歌行体古诗，描写了其苦心经营的草堂被一场狂风所破之后、全家惨遭雨淋的痛苦经历，此诗情绪激越轩昂，体现了诗人忧国忧民的思想境界，是杜诗的典范之作。

作 者

杜甫，字子美，自号少陵老人，唐代著名诗人，被后世人称为"诗圣"。他的诗歌沉郁顿挫，语言精练，格律严谨，平实淡雅中见感情真挚。唐代韩愈赞曰："李杜文章在，光焰万丈长。"

注 释

茅屋：指杜甫在成都的草堂。
丧乱：指安史之乱。

19

刘禹锡 《乌衣巷》

题 解

这是刘禹锡怀古组诗《金陵五题》中的第二首。此诗把历史和现实巧妙地联系起来，通过昔日乌衣巷的繁华对比今日的荒凉残破，抒发沧海桑田、人生多变，虽语言极浅，却隽永深刻。

作 者

刘禹锡，字梦得，唐代诗人。早年与同榜进士柳宗元交谊最深，晚年在洛阳与唱和诗友白居易交往频繁。他的诗文俱佳，涉猎题材广泛，无论短章长篇，大都简洁明快，风情俊爽，充满睿智和挚情。白居易称其"诗豪"："彭城刘梦得，诗豪者也，其锋森然，少敢当者。"

注 释

乌衣巷：金陵城内街名，位于秦淮河之南，与朱雀桥相近。三国时期吴国曾设军营于此，为禁军驻地。由于当时禁军身着黑色军服，所以此地俗称乌衣巷。东晋时，王导、谢安两大家族都居住在乌衣巷。

朱雀桥：两晋时期，金陵正南朱雀门外横跨秦淮河的大桥。

王谢：指王导、谢安等世家大族，后泛指豪门贵族。

杜　牧　《泊秦淮》

题　解

　　这是杜牧的一首怀古诗。此诗是诗人在秦淮河夜泊时触景感怀之作，以陈后主荒淫亡国之历史，讽刺当时醉生梦死的晚唐统治者。此诗写景、抒情、叙事有机结合，寓情于景，意境悲凉。

作　者

　　杜牧，字牧之，唐代京兆万年（今陕西西安）人，诗人。他的诗文俱有盛名，诗作明丽隽永，散文笔锋犀利。刘熙载评价其"人如其诗，个性张扬，如鹤舞长空，俊朗飘逸"。

注　释

　　商女：以卖唱为生的歌女。唐代歌女称"秋娘""秋女"，五音中商音与秋相配，故"秋女"亦称"商女"。

　　后庭花：歌曲《玉树后庭花》的简称。南朝陈后主陈叔宝耽于声色，作此曲与后宫美女寻欢作乐，终致亡国，所以后世把此曲作为亡国之音的代表。

李 煜 《相见欢》其二

题 解

此词是作者在国破家亡、被囚禁待罪的情境中所作，以典型景物的渲染和形象委婉的比喻表达了作者去国之思和亡国之痛。有人认为在表现悲哀的亡国之音中，这首词最凄婉。

作 者

李煜，原名从嘉，字重光，南唐末代国主，词人。他多才多艺，尤以词的成就最大，存世词作三十余首。其国破之后所作之词多反映亡国之痛，哀婉凄凉，意境深远。

注 释

相见欢：词牌名，又名"乌夜啼""忆真妃""月上瓜州"等。常见有双调三十六字，前段三句三平韵，后段四句两仄韵两平韵正体和其他变体。

月如钩：月缺如钩状。指农历每月初四五、二十五六前后的蛾眉月。

黄庭坚 《登快阁》

题 解

这是黄庭坚创作于泰和令任上的一首七律。此诗先叙事，再写景，一气贯注，波荡生姿，以弄笛盟鸥为结，余韵无穷；表达了忘怀得失的快意、知音难觅的感伤。

作 者

黄庭坚，字鲁直，自号山谷，又号涪翁，宋代江南西路洪州府分宁（今江西修水）人，文学家、书法家。谥号"文节"。他在诗、词、散文、书、画等方面均取得很高成就。他的诗作风格奇崛，说理细密且注重章法。潘大临赞其"翰墨精神全魏汉，文章波澜似春秋"。

注 释

快阁：在江西泰和赣江之上，是远眺赣江赏景的佳处。
朱弦：这里指琴。
佳人：美人，引申为知音。
与白鸥盟：《列子·黄帝》："海上之人有好沤（鸥）鸟者，每旦之海上从沤鸟游，沤鸟之至者，百住而不止。其父曰：'吾闻沤鸟皆从汝游，汝取来吾玩之。'明日之海上，沤鸟舞而不下也。"后人以与鸥鸟盟誓表示毫无机心，这里是指无利禄之心，借指归隐。

陆　游　《病起书怀》

题　解

这是陆游被免官后在成都创作的一首七律。此诗从衰病起笔，以读《出师表》作结，表现的是百折不挠的精神和永不磨灭的意志，传达了诗人的爱国情怀和忧国忧民之心。

作　者

陆游，字务观，号放翁，宋代越州山阴（今浙江绍兴）人，爱国诗人。他一生笔耕不辍，诗词文都有很高成就。其诗语言平易晓畅，章法整饬严谨，尤以饱含爱国热情对后世影响深远。朱熹评价"放翁老笔尤健，在当今推为第一流"。

注　释

和銮：同"和鸾"，古代车上的铃铛。挂在车前横木上称"和"，挂在轭首或车架上称"銮"。诗中代指"君主御驾亲征，收复祖国河山"的美好景象。

出师一表：指三国时期诸葛亮所作的《出师表》。

篇目	篇目来源	版本信息	出版社	出版年份
1	《论语》	《论语译注》杨伯峻译注	中华书局	1980
2	《老子》	《老子道德经注校释》 王弼注 楼宇烈校释	中华书局	2008
3	《孟子》	《孟子正义》焦循撰 沈文倬点校	中华书局	1987
4	《庄子》	《庄子集释》郭庆藩撰 王孝鱼点校	中华书局	1961
5	《荀子》	《荀子集解》 王先谦撰 沈啸寰、王星贤点校	中华书局	1988
6	扬雄《法言》	《法言义疏》汪荣宝撰 陈仲夫点校	中华书局	1987
7	王符《潜夫论》	《潜夫论笺校正》 王符撰 汪继培笺 彭铎校正	中华书局	1985
8	李密《陈情表》	《文选》萧统编 李善注	中华书局	1977
9	颜之推《颜氏家训》	《颜氏家训集解》（增补本） 王利器撰	中华书局	1993
10	王安石《读孟尝君传》	《吕留良诗笺释》 吕留良撰 俞国林笺释	中华书局	2015
11	苏轼《前赤壁赋》	《苏轼文集》 苏轼撰 茅维编 孔凡礼点校	中华书局	1986
12	黄宗羲《明夷待访录》	《明夷待访录》 黄宗羲撰 何朝晖点校	凤凰出版社	2017
13	陶渊明《杂诗》	《陶渊明集》陶渊明著 逯钦立校注	中华书局	1979
14	骆宾王《于易水送人》	《杜诗详注》杜甫著 仇兆鳌注	中华书局	1979
15	杨炯《从军行》	《杨炯集笺注》祝尚书笺注	中华书局	2016
16	贺知章《回乡偶书》	《十贺斋养新录笺注：经史之部》 程羽黑笺	上海书店 出版社	2015
17	李白《梦游天姥吟留别》	《李太白全集》李白著 王琦注	上海书店出版社	1988
18	杜甫《茅屋为秋风所破歌》	《杜诗详注》杜甫著 仇兆鳌注	中华书局	1979
19	刘禹锡《乌衣巷》	《刘禹锡集》刘禹锡撰 《刘禹锡集》整理组点校	中华书局	1990
20	杜牧《泊秦淮》	《樊川文集》杜牧著	上海古籍出版社	1978
21	李煜《相见欢》	《全唐五代词》曾昭岷等编撰	中华书局	1999
22	黄庭坚《登快阁》	《历代诗话续编》丁福保辑	中华书局	1983
23	陆游《病起书怀》	《陆游集》	中华书局	1976

作者作品年表

作者作品年表

（以作者主要生活年代、成书年代为参考）

西周（前 1046—前 771）		《诗经》
东周① （前 770— 前 256）	春秋（前 770—前 476）	管子（？—前 645） 老子（约前 571—？） 孔子（前 551—前 479） 孙子（约前 545—约前 470）
	战国（前 475—前 221）	墨子（前 476 或前 480—前 390 或前 420） 孟子（约前 372—前 289） 庄子（约前 369—前 286） 屈原（约前 340—前 278） 公孙龙（约前 320—前 250） 荀子（约前 313—前 238） 宋玉（约前 298—前 222） 韩非子（约前 280—前 233） 吕不韦（？—前 235） 《黄帝四经》 《吕氏春秋》 《左传》 《列子》 《国语》 《尉缭子》 《易传》
秦（前 221—前 206）		李斯（？—前 208）
汉 （前 206— 公元 220）	西汉②（前 206—公元 25）	贾谊（前 200—前 168） 韩婴（约前 200—约前 130） 司马迁（约前 145—？） 刘向（约前 77—前 6） 扬雄（前 53—公元 18） 《礼记》 《淮南子》
	东汉（25—220）	崔瑗（77—142） 张衡（78—139） 王符（约 85—162） 曹操（155—220）
三国（220—280）		诸葛亮（181—234） 曹丕（187—226） 曹植（192—232） 阮籍（210—263） 傅玄（217—278）

晋 （265—420）	西晋（265—317）	李密（224—287） 左思（约 250—约 305） 郭象（约 252—312）
	东晋（317—420）	王羲之（303—361，一说 321—379） 陶渊明（约 365—427）
南北朝 （420—589）	南朝（420—589）	范晔（398—445） 陶弘景（456—536） 刘勰（约 465—约 532）
	北朝（386—581）	郦道元（约 470—527） 颜之推（531—约 590）
隋（581—618）		魏徵（580—643）
唐③（618—907）		骆宾王（约 626—684 以后） 王勃（约 650—约 676） 杨炯（650—?） 贺知章（约 659—约 744） 陈子昂（659—700） 张若虚（约 670—约 730） 张九龄（678—740） 王之涣（688—742） 孟浩然（689—740） 崔颢（?—754） 王昌龄（698—756） 高适（约 700—765） 王维（701—761） 李白（701—762） 杜甫（712—770） 岑参（约 715—约 769） 张志和（732—774） 韦应物（约 737—792） 孟郊（751—814） 韩愈（768—824） 刘禹锡（772—842） 白居易（772—846） 柳宗元（773—819） 李贺（790—816） 杜牧（803—852） 温庭筠（812?—866） 李商隐（约 813—约 858）
五代十国（907—979）		李璟（916—961） 李煜（937—978）

作者作品年表

宋 （960—1279）	北宋（960—1127）	柳永（约 987—1053） 范仲淹（989—1052） 晏殊（991—1055） 宋祁（998—1061） 欧阳修（1007—1072） 苏洵（1009—1066） 周敦颐（1017—1073） 司马光（1019—1086） 曾巩（1019—1083） 张载（1020—1077） 王安石（1021—1086） 程颐（1033—1107） 李之仪（1048—约 1117） 苏轼（1037—1101） 黄庭坚（1045—1105） 秦观（1049—1100） 晁补之（1053—1110） 周邦彦（1056—1121） 李清照（1084—1155） 陈与义（1090—1139）
	南宋（1127—1279）	岳飞（1103—1142） 陆游（1125—1210） 杨万里（1127—1206） 朱熹（1130—1200） 张孝祥（1132—1170） 陆九渊（1139—1193） 辛弃疾（1140—1207） 姜夔（约 1155—1221） 陈亮（1143—1194） 丘处机（1148—1227） 叶绍翁（1194—1269） 文天祥（1236—1283）
元④（1206—1368）		关汉卿（约 1234 前—约 1300） 马致远（约 1250—1321 以后） 张养浩（1270—1329） 王冕（1287—1359） 萨都剌（约 1307—1355？）

明（1368—1644）	宋濂（1310—1381） 刘基（1311—1375） 于谦（1398—1457） 钱鹤滩（1461—1504） 王阳明（1472—1529） 杨慎（1488—1559） 归有光（1507—1571） 汤显祖（1550—1616） 袁宏道（1568—1610） 张岱（1597—约1676） 黄宗羲（1610—1695） 李渔（1611—1680） 顾炎武（1613—1682）
清⑤（1616—1911）	徐灿（约1618—约1698） 纳兰性德（1655—1685） 彭端淑（约1699—约1779） 袁枚（1716—1797） 戴震（1724—1777） 龚自珍（1792—1841） 魏源（1794—1857） 曾国藩（1811—1872） 康有为（1858—1927） 谭嗣同（1865—1898） 梁启超（1873—1929） 秋瑾（1875—1907） 王国维（1877—1927）

说明

① 一般来说，把公元前770—公元前476年划为春秋时期；把公元前475—公元前221年划为战国时期。

② 9年，王莽废汉帝自立，改国号为"新"；23年，王莽"新"朝灭亡，刘玄恢复汉朝国号，建立更始政权；25年，更始政权覆灭。

③ 690年，武则天称帝，改国号为"周"；705年，武则天退位，恢复国号"唐"。

④ 1206年，铁木真建立大蒙古国；1271年，忽必烈定国号为元。

⑤ 1616年，努尔哈赤建立后金；1636年，改国号为清；1644年，明朝灭亡，清军入关。

出版后记

　　"中华古诗文经典诵读工程"于1998年由中国青少年发展基金会发起。作为诵读工程指定读本的《中华古诗文读本》于同年出版。二十五年来，"中华古诗文经典诵读工程"影响了数以千万计的读者，《中华古诗文读本》因之风行并被称誉为"小红书"。

　　为继续发挥"小红书"的影响力，方便读者从中汲取中华优秀传统文化的养分，中国青少年发展基金会、中国文化书院、陈越光先生与中国大百科全书出版社决定再版"小红书"，并且同意再版时秉持公益精神，践行社会责任，以有益于中华传统文化普及与中小学生文化素养提高为首要目标。

　　"小红书"已出版二十五年。为给读者更好的阅读体验，在确保核心文本不变的前提下，我们征求并吸取了广大读者的意见，最后根据意见确定了以下再版原则：版本从众，尊重教材；注音读本，规范实用；简注详注，相得益彰；准确诵读，规范引领；科学护眼，方便阅读。可以说，这是一套以中小学生为中心的中国经典古诗文读本。

　　"小红书"以其中国特色、中国风格、中国气派、中国思想而备受读者青睐，使其畅销多年而不衰。三百余篇中国经典古诗文，不仅是中华民族基本思想理念的经典诠释，也是中华儿女道德理念和规范的精彩呈现。前者如革故鼎新、与时俱进的思想，脚踏实地、实事求是的思想，惠民利民、安民富民的思想等；后者如天下兴亡、匹夫有责的担当意识，精忠报国、振兴中华的爱国情怀，崇德向善、见贤思齐的社会风尚等。细细品之，甘之如饴。

四十余年来，中国大百科全书出版社坚守中华文化立场，一心一意为读者出版好书，积极倡导经典阅读。这套倾力打造的《中华古诗文读本》值得中小学生反复诵读，希望大家喜欢。

由于资料及水平所限，书中不妥之处在所难免，敬请读者批评指正，我们将不胜感激！

2023 年 6 月 6 日